CW00496029

La Hadetta Du Mauvais-Bourg

SYLVIE BAUCHE

Copyright@2022 Sylvie Bauche.
Tous droits réservés à l'auteur
Dépôt légal 1A19973660456
ISBN : 9798366355056

Photos Chephren Bauche avec
son aimable autorisation.

« *L'eau s'imprègne de toutes les couleurs,*

De toutes les saveurs, de toutes les odeurs. »

Gaston Bachelard, *L'eau et les rêves.*

Les Historiettes oubliées des Pyrénées

On ne saura jamais combien de grands sommets pyrénéens sont des géants endormis, tel l'Aneto, devenant parfois des héros dont on aime prononcer le nom pour ne pas les oublier. À entendre leur perpétuel gémissement, on aurait dû se douter que ces divinités topiques ne pouvaient pas mourir. L'éternité est un don que la nature s'offre à elle-même sous des formes particulières. Cependant, ces créatures dominant des lieux privilégiés aux cimes enveloppées de nuées n'apprécient guère la solitude. C'est ainsi que les légendes, entourant ces majestés, témoignèrent de la présence de leurs compagnes, des êtres féeriques dont les noms n'ont jamais été prononcés ; des personnages fantastiques ou fantaisistes à l'allure féminine possédant des pouvoirs magiques. Ensemble, ils établirent leur royaume sur les crêtes les plus aiguisées, dévastées par des souffles sibyllins procurant désespoir et chagrin. On ne s'étonne donc pas, qu'un soir de grand chambardement, pour échapper aux tempêtes et tremblements de terre provoqués par leurs coléreux époux, les fées finirent par s'en aller se cachant dans les roches dévalant de la montagne. Elles s'agrippèrent si fort, que leurs empreintes magiques, reconnaissables aux veines d'un bleu très doux piqueté de vert et saupoudré d'un léger gris, s'imprégnèrent dans la pierre. Ainsi, toute leur puissance et leur vertu furent gardées comme une source originelle.

C'est ainsi que ces pauvres créatures féeriques, qui avaient évité une glaciation éternelle, eurent le privilège d'enfanter des mythes, mais plus encore des rites, devenant des coutumes auxquelles s'adonnaient les peuples du piémont et des vallées. Peut-être que leur soumission à leurs divins époux les avait rendues presque humaines. Les grandes dames blanches des hautes cimes finirent répudiées par leurs glorieux maris. Elles errèrent par les contrées cherchant refuge dans les cavernes et les grottes, les rivières et les forêts. Certaines construisirent des palais souterrains cherchant consolation auprès du refuge matriarcal le plus ancien, le giron maternel, la Terre mère Mari, symbole de l'unité et de toutes les connaissances. Ainsi éduquées, elles se transformèrent en messagères, en magiciennes respectées, devenant utiles dans les campagnes. On se mit à les vénérer comme des déesses pour leurs instructions sur les mystères de la fécondation des bêtes et la fertilisation des terres les rendant plus prospères. Parfois, l'esprit un peu rancunier, elles obligeaient les orages à changer de direction pour aller s'abattre sur les hauts sommets, rappelant à leurs anciens époux, les larmes versées de leur amour brisé. D'autres fées furent considérées comme une âme sœur apportant réconfort et espérance dans les foyers sans compter l'aide apporter pour filer la laine ou laver le linge de leur battoir d'or. Pour les remercier, le soir au souper du 31 décembre dans la maisonnée, on leur réservait une pièce pour y déposer des offrandes et de petits cadeaux en souhaitant leur entière satisfaction. Certaines fées, pourvues de vertus guérisseuses, prodiguaient des soins à travers les pierres dressées qu'il suffisait de toucher d'une main caressante. Sous le clair de lune, elles effectuaient de grands assemblages mégalithiques parcourus du fluide bienfaisant qui les avait habitées. Puis, elles jouaient à déplacer les roches enchantées jusqu'à l'aube où elles disparaissaient, laissant parfois leur œuvre inachevée.

Lorsqu'elles devenaient des fées porteuses à l'aide du tablier dorne, celui qui couvre du cou jusqu'aux genoux, elles empilaient des cailloux ou des blocs pour bâtir des installations servant aux hommes et aux bêtes. Comme un pont afin d'enjamber l'eau vive avant que le diable ne s'en mêle. Les gens disaient que c'était aussi une façon de rappeler au fiancé que le mariage est un passage d'une rive à l'autre et qu'il se devait d'honorer son engagement en offrant à sa promise la quenouille et le fameux tablier dorne.

Peut-être un peu de magie dans cet ornement que la jeune épouse enfilerait dès son lever jusqu'à son coucher. Le tablier devenant une protection pour nettoyer, trimbaler, peser, essuyer, cacher, câliner : le soutien pour porter l'amour de la maisonnée.

Si les fées n'ont pas toujours de nom, les gens savaient les interpeler par des chants et des danses. Ils les reconnaissaient aux sortilèges accordés à celui ou celle choisis, parfois par l'offrande d'une pomme. Une porte alors s'ouvrait pour l'élu sur un monde invisible. Mais, attention à ne pas les contrarier, ni les contredire sinon elles se changeraient en masca, en sorcière ou en croquemitaine, qui valait mieux ne pas rencontrer. Aucun homme ne devait lui faire un enfant, un follet, qui une fois devenu fort, viendrait engrosser les filles les soirs de grands vents.

Fées des bois, fines et menues ; fées des rivières à proximité d'un moulin ; fées des lacs où il ne faut jamais lancer de pierre ; fées des fontaines que l'on doit remercier pour ses eaux guérisseuses ; fées devenant un chat noir ou un animal fantastique comme ce serpent avec de grandes ailes ; fées fidèles, mais indomptables ; fées enchanteresses ou jeteuses de sorts, beautés gracieuses ou disgracieuses ; fades, hades, hadettas, blanquettes, martes, dragas, mascas ou encantades, diseuses de bonne aventure ou mangeuses de rêves inassouvis, vous vivez entre deux univers désirant ce que l'homme réclame : pouvoir renaitre dans un monde imaginaire. Les fées s'emparent des désirs des hommes. Elles en jouent, mais finissent par être prises au piège, car elles seront remplacées par d'autres, vertueuses, des êtres visibles que l'on nomme parfois saintes femmes. Parcourant les chemins, les fées des ondes sont appelées sur cette terre lointaine, celle que les Romains nommaient Compostum Stella, le cimetière étoilé. Cependant, leur voyage au jardin des Pyrénées est resté inachevé.

Alors ne rangez ni vos fuseaux et ni vos rouets, le fil de la destinée humaine n'est pas terminé. Voici que l'heure est venue de vous rassembler. Sortez des cavernes, des fonds sablonneux, des terres argileuses. Emportez toutes vos connaissances souterraines pour faire jaillir les eaux de vos anciens royaumes.

Que murmurent les sources claires,

Que bruissent les ruisseaux larmoyants,

Que s'endorment les lacs et les étangs chatoyants,

Que s'enflent et grondent les rivières en colère,

Que chante l'ondine des mots de silence,

Lorsqu'au soir tombant, les étoiles viennent miroiter leur reflet souriant.

Fées ! battez des ailes, faites des étincelles miraculeuses pour que s'écrivent dans le grimoire, cet aide-mémoire du fond des bois, des légendes, des contes, de petites historiettes oubliées que l'on se chuchotera des crêtes enneigées jusqu'aux plus profondes vallées des Pyrénées.

Cascade de l'Aguila à Héas

La Hadetta du Mauvais-Bourg

Au-delà de la cascade d'Aguila, sur les hauteurs du village d'Héas, le sentier a bien du mal à se frayer un passage entre les roches grises, dénudées et ternes, au point que même les quelques lichens, qui les recouvraient l'été dernier, n'ont plus le courage de supplier le ciel de venir les colorer. Sur le sol, les pierres sombres finissent d'étouffer les herbes encore jaunies. La nature semblait se désoler que l'hiver n'arrive pas à s'échapper.

Ce matin-là, revêtu de sa grande cape noire, Brasc avait décidé de monter à la cabane des Aguilous. Il progressait d'un pas décidé, le nez caché dans le col de sa veste tant le souffle d'un petit vent glacé l'empêchait de respirer. Brasc se sentait rassurer accompagné de sa chienne patou Blanca, qui avait besoin de se dégourdir les pattes après un long séjour en bergerie.

9

L'imposant animal aux longs poils blancs marchait devant le jeune homme, remuant sans cesse la queue de joie et de reconnaissance pour cette sortie inattendue. Si Brasc avait décidé de grimper, c'est qu'il s'inquiétait de l'état de la cabane qui servait de refuge aux pâtres. Dès le mois d'octobre, des rafales avaient précédé des tempêtes de pluies et de grêles, puis la neige était tombée en abondance jusqu'à la veillée de Noël. Le jeune berger assumait la charge d'entretenir les lieux en s'assurant de l'approvisionnement de bois de chauffage et d'une bonne couverture pour la paillasse.

Ce matin-là, il eut l'impression que quelque chose allait se passer. Alors, il avança le plus vite possible. Les battements de son cœur s'accélérèrent rapidement, sa respiration devenue plus forte le gênait, car la montée était raide et glissante sur ce sentier caillouteux. Il releva son torse pour apercevoir la crête du cirque de Troumouse sur sa droite, mais la brume tenace enveloppait la barre rocheuse. Les eaux claires de l'Aguila suivaient le vallon pour bondir en une cascade tumultueuse fracassant les pierres qui partaient en éclats projetés dans les airs avec brutalité. Encore quelques mètres pour quitter le sentier longeant la rivière. Heureusement, Blanca l'attendait en réclamant une caresse affectueuse, une tapette sur la tête en guise de réconfort. Blanca avait l'âge de Brasc, seize ans à partager les jeux, le travail de berger, les joies, mais aussi les angoisses auprès d'une bête malade ou une disparue, perdue, qu'il faudrait vite retrouver avant un drame. La chienne et l'adolescent se comprenaient, s'entraidaient, se réchauffaient l'un contre l'autre.

Au plus, le jeune homme s'éloignait de la cascade, il en appréciait l'étendue qui s'offrait à lui ; le sentier serpentait maintenant à travers quelques plaques de neige éparses. Le ruisseau plus calme coulait en emportant les derniers sursauts du froid vers la vallée. Au fond du ravin étroit sur le plateau à découvert, la cabane de pierre attendait ses visiteurs. Brasc aimait cet endroit protégé comme une forteresse par la barrière rocheuse des

Salettes et la crête des Aguilous. On racontait au village que des aigles étaient venus s'y cacher des mauvaises intentions d'une sorcière en colère qui les avaient pourchassés pour les pétrifier après les grandes secousses du Pic de la Munia au-delà du cirque de Troumouse.

Toujours bien en place, la cabane de pierre, solide comme le roc sur lequel elle était posée, avait sa porte de bois ouverte qui claquait au vent du nord. Brasc s'approcha et ramassa quelques ardoises tombées du toit qu'il faudrait remplacer. Blanca était entrée la première pour protéger son maitre de toute intrusion furtive. Apparemment, nul visiteur n'était venu. La petite cheminée gardait dans son foyer les buches laissées en cas de nécessité. Brasc s'assit sur une grosse pierre à côté du pas de la porte. Il admirait le paysage qui s'éveillait entre deux vies comme s'il sortait d'un rêve pour en poursuivre un autre. Bientôt, les isards descendraient se désaltérer dans l'Aguila sur les prés verdoyants émaillés de fleurs, tandis que les marmottes prendraient le temps à témoin en sifflant dès l'approche d'un danger. C'est à ce moment-là que Brasc aperçut la silhouette d'une femme aux cheveux bruns dansant près du ruisseau. Il crut à un mauvais tour et prit peur. Cependant, elle le regarda tendrement pour le séduire. Son sourire semblait baigner de lumière tout son visage et se poursuivait le long de son corps revêtu d'une longue robe blanche parsemée de fils bleutés. Brasc voulut se cacher, mais il était incapable de bouger. Blanca, couchée à ses pieds, n'osait aboyer. L'adolescent timide qui n'avait pas l'habitude de voir les filles fut pris d'une fascination aveuglante. Son cœur s'emballa, ne sachant s'il fallait, verser des larmes ou éclater de rire d'une joie infantile. La gracieuse créature parut amusée et lui fit signe de s'approcher. C'est que la fée cherchait un mari, et la présence de ce gaillard était une aubaine ! Cependant, elle avait une intention bien particulière. Elle lui dit : « Tu me plais, beau jeune homme ! Es-tu un dieu? En ce cas, je peux t'accompagner. »

Il fut tout ému qu'une si gracieuse femme le prenne pour un de ces géants encore cachés, mais lui répondit simplement en souriant : « Non. Je suis Brasc le berger. Je ne connais pas de dieu sauf celui dont on m'a conté l'histoire.

— Qui est-il ? demanda la créature languissante.

— Un puissant Seigneur qui n'habite pas la montagne. Il parait que son royaume s'étend sur toutes les mers lui obéissant. Maintenant, il vit dans une vallée où coulent deux rivières : l'Adour et l'Échez. Il porte un nom amusant : Oceanus. Il se repose dans le fond d'un bassin près du village du Mauvais-Bourg. »

La fée se dit que c'était là son jour de chance. Depuis qu'elle avait été bannie par son mari pour sa cruauté, elle errait dans les eaux froides des ruisseaux du Maillet, de Gabiédou, du Cot et du gave des Trouyères. Elle se laissait parfois emporter jusqu'au gave de Héas usant de ses pouvoirs de guérisseuse pour soigner les gens souffrant de maladie des yeux.

Elle agissait dans les fontaines lorsque les femmes venaient l'implorer. La Hadetta Leida, tel était son nom de fée maudite que ses sœurs lui avaient donné, s'ennuyait. Son désir de trouver un mari était sincère. Un homme ferait son affaire, mais un dieu, c'était mieux ! Elle pourrait retourner habiter dans un palais et se servir des êtres naïfs comme domestiques. Un dieu de l'océan, c'était inespéré ! il pourrait l'emmener faire un grand voyage dans les eaux immortelles. Ainsi, elle augmenterait son pouvoir sur toutes les ondes de la création et dominerait ses sœurs, les fées des cavernes, des lacs souterrains, des fontaines, des sources, des rivières, des fleuves et des mers. Leida apparaitrait comme la plus limpide, la plus pure, la plus désirée des ondes des montagnes, des plaines, des vallées et de tous les flots qui entourent la terre. Son époux ne pourrait jamais se séparer d'elle tant ses charmes envoûtants le rendraient amoureux. Leida encouragée par les révélations du jeune homme s'imagina trôner au-dessus des flots voguant sur une barque légère parsemée de fleurs, de coquillages, de pierres précieuses aux couleurs étincelantes. La fée s'était mise à danser avec volupté autour de l'adolescent mal à l'aise. Soudain, Brasc fut pris d'une vision terrifiante : la créature avait les pieds palmés ! De grands pieds recouverts d'une peau verdâtre entre les doigts comme ceux des canards et les oies de la ferme. Stupéfait, il s'écria : « Qui est cette folle ! » Un mot que les fées détestent. Il ne faut jamais traiter une fée de folle, sinon elle lance un sortilège. La Hadetta Leida le fixa droit dans les yeux, alors que son corps reprenait sa forme véritable. De taille moyenne légèrement arrondie, la créature tenait debout sur deux courtes jambes velues aux extrémités déformées. Sa tête n'était pas disgracieuse, mais n'avait rien d'agréable. Des mèches brunes et rebelles pendillaient de chaque côté d'un visage allongé et fripé. C'est son nez aplati qui retenait toute l'attention, car chacune de ses respirations provoquait un petit bruit dans les narines qui se dilataient comme de brefs battements d'ailes. Brasc effrayé ne pouvait plus bouger, troublé par deux yeux d'un noir profond qui le transperçaient comme des lames de glace. Tout à coup, un vol de corbeaux vint assombrir le ciel. Les volatiles aux plumes d'ébène s'agitèrent au-dessus de la tête de Brasc, le piquant de leur bec sur toutes les parties de son être, puis les oiseaux s'enfuirent en poussant des cris rauques et déchirants en direction du rocher de Chourruque de l'autre côté du gave d'Héas. Un corbeau plus imposant resta en arrière. Alors soulevé par un souffle à l'odeur démoniaque, il allongea sa sinistre envergure dans un frémissement sifflant, baissa sa petite tête noire et tournoya une dernière fois autour du jeune homme. Il le fixa d'un regard si puissant que Brasc se sentit pris dans un étau tant il ressentit une douleur dans la poitrine : l'ensorceleur puisait la sagesse et la pureté de son cœur comme on lit l'avenir dans les étoiles. D'un vif coup d'aile, l'oiseau s'éloigna vers les nuages, puis s'élança au-dessus de la barre des Salettes comme si une muraille s'était refermée sur la vallée des Aguilous.

En même temps, Blanca s'élança en aboyant et en parcourut tout le vallon, puis revint vers son maitre, déçue de n'avoir pu acculer la surprenante créature qui avait disparu par enchantement. Ensemble, ils repartirent à toutes jambes et pattes vers la ferme, complices dans leur aventure. Ce serait leur secret. Brasc, les vêtements déchiquetés, ne dirait rien. Comment peut-on raconter l'inexplicable ? Ici, les gens sont rudes comme les sombres montagnes aux alentours. La solitude rend morose lorsqu'on vit parmi les blocs de granit écorchés aux saillies sanguinolentes, détachés des sommets, avec des rivières glacées pour, seul miroir d'un ciel maladif et lugubre, et le vent indiscret, qui n'a plus rien à confesser si ce n'est que des histoires cruelles de géants s'entretuant dans les profondeurs de la terre. Depuis, Brasc était tourmenté. Avait-il rêvé ? Était-ce son imagination qui lui avait joué un tour ? Comment oublier le corbeau puisque c'était la signification de son propre nom. Brasc, le corbeau ! L'adolescent avait des démangeaisons sur tout le corps chaque

fois qu'il prononçait ou entendait le mot
« folle ».

Ruisseau du Maillet, cirque de Troumousse.

La brume épaisse, visage de l'oubli, s'élevait lentement comme des spectres glacés au-dessus du gave d'Héas. La rivière impétueuse hurlait son inquiétude. Descendant du cirque de Troumouse et du Gabiédou, elle s'enfuyait en léchant les parois rocheuses, emportant les chagrins des ombres hivernales en direction de Luz, la lumineuse. Heureusement, l'unique pont de bois qui permettait de la traverser pour rejoindre la montagne du Pouey Boucou était encore praticable. La Hadetta Leida fit quelques détours par la Lèche, puis grimpa, sans se retourner, comme si hier n'avait pas existé. Elle aperçut enfin les sommets disloqués des barres calcaires, enrubannés de ce voile humide et silencieux sous lequel la nature endormie attendait l'éternel recommencement. Les herbes rases et parsemées s'emmêlaient aux pierres et arbrisseaux, tandis que les rhododendrons blottis bien serrés ajustaient leur témérité, giflés par la brise fraiche et mouillée, qui soufflait sur la croupe du Turon du Pouey Boucou.

Levant sa tête recouverte d'un fichu noir, Leida repéra dans ce décor isolé la cabane des Agudes d'où s'élevait une fumée blanchâtre. Elle aurait dû arriver la première pour installer le refuge : allumer le feu dans la cheminée, préparer un breuvage nourrissant et réconfortant pour ses sœurs. Lorsqu'elle entrebâilla la porte, les fées surprises cessèrent leur bavardage. Le corbeau d'ébène au regard sombre et au bec acéré entra le premier, virevolta et croassa bruyamment, puis ressortit d'un air malicieux pour se poser sur le rebord d'une petite fenêtre orientée vers la haute montagne. Les six fées frissonnèrent sans oser poser de question.

Elles étaient réunies dans un but bien précis, car les fées possédaient la connaissance des propriétés des eaux suivant le domaine géographique où la grande déesse mère Mari les avait envoyées vivre. La plus raisonnable, la fée de Barèges, reconnaissable à sa chevelure argentée, avait conféré à ses sources la vertu de soigner les écrouelles. Une incommodité, qui, jusqu'alors, ne pouvait guérir que par l'imposition des saintes mains royales. Auparavant, certains malades avaient essayé l'absorption d'une mixture âpre dans un crâne enterré trois fois ; d'autres avaient tenté la « médecine du lézard » qui consistait à examiner les rêves pour y rechercher les ombres d'une réalité encombrante. C'est la fée de Barèges qui se recula la première pour laisser passer leur ainée jusqu'à la cheminée où dansaient les flammes d'un maigre feu.

La deuxième fée venait de Bagnères-de-Bigorre pourvue d'une chevelure émeraude. Après de longues années à se débattre avec les flots tumultueux de l'Adour, la nymphe avait réussi par un tour de magie à faire surgir quatorze sources chaudes et calmes au mont Olivet. Ainsi, elle prouva aux résurgences du désordre, nées d'un esprit malin souterrain, que la paix et l'équilibre pouvaient régner dans la vallée. Elle approcha une chaise près de la cheminée pour que Leida puisse se reposer de sa marche. L'ainée, sans mot dire, s'assit, les mains croisées sur ses genoux.

La troisième fée, aux cheveux bleutés, présente dans la cabane était la bienfaitrice des fontaines. Elle avait le don de faire apparaitre les eaux dans les villages rendant de grands services aux humains et tout particulièrement aux femmes, si souvent épuisées de porter leurs seaux remplis d'eau claire jusqu'à leur maisonnée. Les habitantes, qui craignaient que la fontaine cesse de couler, obligeaient les enfants turbulents à respecter l'endroit comme un lieu sacré. Toutefois, elles prenaient garde que ce ne soit pas le diable déguisé qui vienne réclamer à boire. Cette fée apporta à Leida un bol de bouillon bien chaud.

La quatrième fée, à la chevelure rousse, provenait du vallon de Saint-Christau où elle avait donné aux eaux de la Lurbe le pouvoir de guérir par la présence du cuivre. Celle-ci prépara l'unique lit recouvert d'une paillasse au cas où son ainée voudrait dormir.

Quant à la cinquième fée, blanche de la tête aux pieds, elle habitait une grotte près d'un moulin. Les ondes claires entrainant les ailettes se déversaient dans un canal jusqu'au lavoir. Lorsque les lavandières n'arrivaient pas à finir leur travail, la fée agitait son battoir d'or pour terminer la tâche. Et en cas de gel, elle aidait les pales à tourner pour que le meunier puisse moudre. Cette fée débarrassa son aînée de son manteau pour l'aiguayer.

La sixième fée était très joliment apprêtée et soigneusement coiffée d'une longue chevelure dorée. C'était la fée des sources naissantes. Il arrivait parfois qu'un fil de soie de son habit délicat se détache et vienne glisser sur l'onde. Si une jeune fille le voyait, il fallait qu'elle fasse un vœu en enroulant le fil sur son doigt sans le casser et celui-ci se réalisait. La fée des sources prit un peigne d'ivoire et lissa la longue chevelure brune comme la terre, de la dernière fée parvenue dans la cabane des Agudes.

Chacune ayant apporté sa contribution, les six Hadettas s'assirent autour de Leida. Leur ainée, distante et hautaine, possédait tous les dons de ses sœurs. Il fut un temps, elle était si compétente et si belle qu'elle était devenue l'épouse d'un très grand dieu qui vivait caché dans le plus haut des glaciers des Pyrénées, ce qui l'avait rendue orgueilleuse. Mais, hélas, elle avait sombré dans la folie et tua ses propres filles, qu'elle avait transformé en deux cônes de pierre blanchâtre. Lorsque la neige fondait, on distinguait les chevelures des deux enfants, enroulées comme des pommes de pin, sortant d'un névé, cherchant à crier leur désespoir vers le pic de Troumouse et le petit pic Blanc entre lesquels ils reposaient. Chassée par son époux qui pour la punir l'avait rendue laide, l'Hadetta prit le nom de Leida. Elle fit un pacte avec la sorcellerie, chose que les fées n'ont pas le droit de faire. Certains affirmèrent que c'était avec le diable en personne sous sa forme de corbeau d'un noir plus profond que les ténèbres. On raconte beaucoup de fantaisies dans les montagnes, mais il ne faut pas les répéter.

Dehors, il soufflait un vent frais et le ciel commençait à se dégager au-dessus des sommets, même si la cabane restait prise dans les nuages. Le corbeau prit son envol en direction du rocher de Chourruque en poussant un cri plaintif.

C'était l'heure de partir.

Une grotte creusée dans un pli imposant de Chourrugue était ouverte en direction du ruisseau d'Estaubé. Autrefois, les nains avaient enfoui un trésor dans la gorge, si profonde qu'ils finirent par l'oublier. L'endroit avait été choisi pour la magnifique cascade dissimulant l'entrée de la caverne comme un voile naturel. Recevant le liquide cristallin provenant des veines de la montagne, l'espace herbeux situé sous le rocher était devenu sacré. Un réceptacle pour les flots du ciel venus s'unir aux roches millénaires dans la plus glaciale pureté. Encore de nos jours, on peut voir les bornes de pierre délimiter le domaine mystique. Des blocs allongés, enfoncés de moitié dans la sainte terre, s'élèvent vers la voûte céleste. Ainsi se réunissent la terre, l'eau et l'air pour rendre grâce à la vie dans le flamboiement de l'univers. Un tertre sacré le restera pour l'éternité.

À l'appel de leur mère souterraine, les fées s'y rassemblèrent à la tombée du jour, choisissant l'instant précis où le ciel embrasse le sol. Les sept Hadettas, vêtues d'un blanc manteau, marchèrent l'une derrière l'autre, tenant un bâton de bois d'aulne dans la main droite. Leida, leur ainée, avança la première d'un pas sûr, murmurant des mots qu'elle seule comprenait. Peu rassurées, les six sœurs suivirent en silence, dissimulant leur visage. Inquiètes, elles se placèrent chacune face à une borne, le regard tourné vers le sommet du rocher. Ainsi alignées, les bras levés, elles dégagèrent dans le même mouvement les capuches qui recouvraient leurs têtes. Les chevelures colorées balayèrent l'espace en un faisceau étoilé, brillant de mille feux, mais la chevelure brune et raide de Leida vint assombrir ce ballet étincelant. C'est alors que commença une courte incantation, suivie d'une deuxième et d'une troisième plus longues, qui s'arrêtèrent pour une brève pause. Ainsi les fées respectaient le rythme ternaire des trois phases visibles de la lune avec la pause pour sa face cachée comme l'évoque le rythme des trois saisons avec une pause en hiver. Chaque magicienne scandait des mots inconnus des mortels tout en balançant leur corps dans une danse exaltée.

Tout le vallon s'était muré dans une brume opaque ; seul le rocher de Chourruque reçut un dernier rayon ambré. Soudain, alors que les fées frappaient le sol de leurs bâtons, une voix limpide et douce sortit de la voûte caverneuse. Les fées tombèrent à genoux. La tête baissée, elles déposèrent leurs visages sur l'herbe et prirent chacune la forme d'une lune ronde. Alors, la déesse mère à la chevelure opalescente, vêtue d'une longue robe aux couleurs de la nuit, apparut dans un halo de lumière, suivi d'un agneau d'un blanc immaculé. Cette déesse de la compréhension de la vie et de la mort leur avait enseigné les mystères qui relient l'homme à son imaginaire. Du monde souterrain, où elle demeure, la déesse primordiale enseigna à ses filles comment attraper les rêves pour les retenir par un long fil d'argent qu'elles tisseront pour les rendre possibles. Il suffisait que les fées apparaissent et prononcent des paroles propices ou une malédiction pour qu'un être voie son destin transformé en une réalité merveilleuse ou cauchemardesque. La déesse mère leur demanda de continuer à vivre parmi les hommes, de les aider et de les secourir en produisant des eaux bienfaitrices. Dans un geste gracieux, elle étendit la main droite vers la cascade. Les eaux claires et glacées semblèrent par enchantement, virevolter ; puis délicatement, les gouttelettes transparentes se déposèrent dans les creux des roches devant les sept sœurs qui avaient repris leur forme initiale. Alors les sept fées vinrent remplir chacune une fiole de ces eaux magiques tout en prononçant des formules sacrées. La voix ordonna à chacune de reprendre son chemin, sauf Leida qui devait quitter la montagne pour se rendre dans la vallée de l'Adour et de l'Échez où la sécheresse de l'été dernier avait causé un grand désarroi. Leida feignit la surprise et assura qu'elle rencontrerait sans attendre celui qui pourrait sauver les cultures et le bétail, car elle connaissait un dieu capable de remplir les rivières et d'inonder les sols. Mari, la déesse-mère bénit ses filles en renforçant leur puissance. Puis, dans un ultime soupir, qui tenait du gémissement, elle avertit Leida qu'en cas d'échec, elle n'appartiendrait jamais plus au monde souterrain de Compostum Stella. La route du cimetière des étoiles lui serait à jamais interdite, et ses pouvoirs lui seraient repris.

Tout à coup, dans le silence de la nuit, un éclair embrasa la grotte. Puis dans un tourbillon opalin parsemé de petites lumières multicolores, il s'engouffra dans les profondeurs de la grande cavité. La matriarche repartit dans son domaine des origines tandis que les sept fées disparurent au-dessus des nuages. Le légendaire Mulat-Barbe, dont tous croyaient qu'il avait été enterré du côté du bois de Coumély, prit l'agneau tout de blanc immaculé et referma l'entrée de la caverne. On entendit l'innocent pleurer alors que quelques flocons de neige printanière venaient recouvrir le colossal rocher de Chourrugue.

Rocher de Chourrugue, pierres dressées. Cirque d'Estaubé.

*C*elui qui pénètre pour la première fois sur la terrasse herbeuse où s'emmêlent l'Adour et l'Échez, ne peut imaginer la vie active des hommes en ces lieux, depuis les temps les plus reculés, profitant de la présence des eaux bienfaitrices et de ses galets, de la terre argileuse, d'une faune à chasser et d'une flore à cultiver. À Saint-Martin de Celle, la fertile vallée de l'Adour, bordée de collines boisées, s'épanouit entre les coteaux d'Armagnac et ceux du Béarn, traversée de plusieurs voies de communication pédestres et fluviales rejoignant les grandes villes issues de l'époque gallo-romaine.

La Hadetta Leida, pensive, face aux deux rivières d'argent s'unissant en direction de l'est, sursauta lorsque le son grave d'une cloche retentit derrière elle. Au loin sur un monticule, elle distingua à travers une légère brume matinale, une église. Elle se dit qu'elle devait être arrivée à destination.

Aussitôt, un cri rauque survola les paisibles brebis qui broutaient dans les herbes tendres surveillées par un berger rêvassant son aiguillon de noisetier en main. Le corbeau tournoya au-dessus des plus jeunes bêtes plaintives accourant près de leur mère. Après un dernier passage en amont, l'oiseau se dirigea vers la forêt où les bucherons s'activaient sur une coupe de hêtres et de chênes. On entendait le chant de la scie et les échos des chocs de hache débitant les troncs au sol. Des éclats de voix encourageaient les hommes pendant que des enfants empilaient les billes sur le tombereau tiré par deux belles vaches sous le joug. Les garçons reviendraient chercher plus tard les fagots, en se méfiant des loups du bois du Marmajou qui risquaient de rôder aux abords de l'Échez, une fois la nuit tombée.

Partie à la recherche du dieu des grandes eaux pour l'épouser, la fée Leida remit un peu d'ordre sur son apparence. Elle s'approcha de la rive de l'Adour pour se débarrasser de la poussière sur ses vêtements. À l'aide d'une cordelette, elle apprêta sa longue robe d'un vert foncé comme les sapins d'hiver pour cacher ses pieds palmés. Elle sortit d'une sacoche de toile, un tablier blanc qu'elle attacha autour de son cou et de sa taille. Ainsi, elle ressemblait à une paysanne. Les cheveux relevés, soigneusement redressés par un peigne découpé dans un os de cerf, elle les recouvrit d'un fichu blanc. Puis dans un mouvement presque élégant, elle s'enveloppa d'un manteau de laine, laissant libre la capuche. C'est en se penchant au-dessus de la rivière pour s'y mirer, qu'elle constata à quel point le niveau de l'eau était bas. Il était urgent de rencontrer ce dieu des grandes eaux dont lui avait parlé Brasc, le berger d'Héas. Elle soupira au candide souvenir que lui avait laissé le jeune homme : elle n'aurait pas dû envoyer les corbeaux le blesser. Il était temps qu'elle chasse ses mauvaises intentions si elle voulait réussir à se faire apprécier des villageois, sinon personne ne lui dirait où trouver sa majesté Oceanus.

Remontant la berge sur sa gauche, elle suivit un sentier qui la mena à un pont de bois très rustique qui permettait la traversée de l'Adour. Appuyé sur la perche, le passeur reconnaissable au bandeau ceignant ses cheveux se tenait debout sur sa barge en se désolant de n'avoir aucune marchandise à transporter. Des éclats de voix parvenaient en enfilade aux oreilles de Leida. Apparemment, un colporteur, qui disposait de quelques outils et ustensiles de cuisine sur une charrette tirée par une mule grise, dont la tête semblait toucher le sol pierreux, discutait avec un gabelou du droit d'octroi dans Saint-Martin de Celle. Il faut dire que le Seigneur n'aurait pas beaucoup à gagner sur ces quelques marchandises déjà usées par le labeur. Aussi, il essaya de le dissuader d'entrer et de repartir vers Auch.

Leida s'amusa de cette dispute entre humains ; mais d'autres activités plus importantes paraissaient animer le bourg. En effet, on distinguait parfaitement de nombreux coups de piques, de pioches, de pierre contre pierre. Des ordres avivés par une voix criarde étaient lancés par un rustre bonhomme court sur pied. Revêtu d'une tunique aux manches longues d'un vague brun et d'un caleçon de toile d'un blanc grisâtre, il s'agitait en balançant son corps, levant les bras vers le ciel qu'il rabaissait en se frottant la tête ou en soulevant sa cale, coiffe de toile, qui le protégeait de la chaleur et des éclats de pierre. Autour de lui, des hommes transportaient des brouettes de galets qu'ils déposaient près de la berge. Un groupe d'ouvriers mi-vêtus s'activait dans les eaux basses pour bâtir un mur maçonné ; on devait construire un pont. Leida se dit que le pauvre passeur n'aurait bientôt plus de travail !

Un autre mur se montait parallèlement au cours d'eau, édifié sur un gros béton de chaux supportant deux assises de pierres taillées par des ouvriers qui agrémentaient la texture par deux rangées de galets inclinés. Ce serait un mur de défense adossé à celui d'un grand bâtiment : l'ensemble prieural du monastère de Saint-Martin de Celle. Sur le côté de l'église, les travaux d'agrandissement avançaient rapidement. Il ne manquait plus que le portail d'entrée. L'agitation du contremaître criard parvenait jusqu'au parvis envahi de matériaux. Sur le sol avaient été disposés avant d'être taillés des blocs de pierres et de beaux blocs de calcaires jaunes du Gers, un tas d'argile de Sombrun et de Vidouze pour agrémenter les encadrements et des tuiles canal d'Auriébat. Un peu à l'écart se trouvaient des troncs équarris de hêtre et de chêne de charpente et des bois divers. Sa Seigneurie, le comte de Bigorre, avait fait parvenir de larges planches de châtaignier que l'ébéniste devrait travailler pour meubler l'église. L'intérieur du bâtiment avait pris des allures de noblesse. Ce qu'appréciaient les résidents du Bourg sans cesse en train de s'agrandir. Déjà habillé de colonnes de marbre, le transept était l'objet de la plus ambitieuse transformation : le petit clocher allait devenir une imposante tour lanterne tel un donjon avec des ouvertures éclairant la croisée. Il fallait faire en sorte que la cloche continue à se faire entendre. Tout au long de la journée et de la nuit en cas de nécessité, elle donnait le signal de la prière, du labeur, du repos, des dangers, des festivités et des rassemblements des responsables de la vie quotidienne sur la place de l'église sous le gros orme à côté de la fontaine.

De nature curieuse, Leida fut attirée par l'entrée principale de l'église dont des ouvriers terminaient la décoration. Elle se demanda pourquoi les humains avaient besoin d'un si grand portail pour pénétrer dans cette maison. Un géant ou un dieu devait l'habiter ou bien y venir pour festoyer. La façade présentait sept contreforts bâtis à plat composés de blocs de grès molassique. On eût dit que ce bâtiment voulait rejoindre le ciel comme la cime des montagnes. La lourde porte n'avait pas encore été posée. Un avant-corps couvert de tuiles protégeait un encadrement imposant formé de plusieurs arcs agrémentés de petites feuilles et de pomme de pin sculptées dans un calcaire jaune aux tons chauds. Son attention fut captivée par de drôles de sculptures au-dessus des arceaux. Il y avait là des personnages qui semblaient jouer une comédie. L'un représentait un homme à genoux entièrement nu, un autre accroupi les mains sur les genoux au regard troublé, puis une tête de loup, un personnage affrontant un lion, un autre au corps chevalin jouant de la harpe à côté d'un nain accroupi. La dernière sculpture personnifiait deux oiseaux la tête penchée vers le bas. Leida, qui n'avait aucune notion d'architecture, se perdit en suppositions sans bien comprendre la logique entre les personnages et les animaux façonnés. C'est à ce moment-là qu'elle croisa le regard d'un homme au visage dur, vêtu d'une grande chasuble noire trainant jusqu'au sol et la tête couverte d'un bonnet tout aussi ténébreux. Elle sursauta ; était-ce un effet d'un tour de magie du corbeau prenant forme d'un humain ? L'individu était en train de parlementer avec un architecte d'une belle allure tenant une corde à treize nœuds et une équerre. Ils dévisagèrent l'inconnue avec insistance. Leida ressentit un malaise. Instinctivement, elle détourna les yeux et se dirigea vers l'entrée du village. De taille modeste, elle se faufila facilement parmi des enfants qui se rendaient à la rivière chercher de l'eau pour le chantier. Ils allaient remplir des seaux qui ballotaient de chaque côté de leurs maigres flancs, maintenus par des lanières attachées à un bâton qui leur rudoyait les épaules. Les pauvres petits, pieds nus, avaient triste mine et retenaient leurs larmes en mâchonnant de l'herbe. L'un deux s'approcha de Leida. Il n'avait pas plus de six ans. Ses yeux rougis étaient gonflés par la poussière et la fatigue. Sa petite main égratignée frôla celle de la fée qui lui donna une pomme. Il venait d'être choisi comme élu. Lorsqu'ils passèrent devant la fontaine asséchée qui se trouvait juste au pied de l'église à quelques mètres de l'Adour, Leida lui demanda où il habitait : « Au Vieux-Bourg. On nous dit toujours que nous venons du Mauvais-Bourg parce que chez nous, les hommes ne se laissent pas faire. Ils ont du caractère, mais aussi du cœur ! »

Le garçon croqua dans la pomme et se mit à improviser un chant dans une langue inconnue. La Hadetta se frotta discrètement les mains et continua d'avancer sans se retourner. Soudain, derrière elle, des cris de joie retentirent :

l'eau s'était mise à couler à la fontaine asséchée depuis des mois. On entendit longtemps les enfants clamer : « C'est celui du Mauvais-Bourg qui a chanté ! »

Statue des deux sœurs l'Adour et l'Echez. Maubourguet.

C'est une forte odeur de vase qui empestait l'air en ce mois de mai. Le bourg de Saint-Martin de Celle, surnommé le Mauvais-Bourg depuis que la population avait dû être regroupée dans le village fortifié, ressemblait à un bateau à la dérive sur un marais asséché luttant contre les insectes, les herbes hideuses, les joncs et les iris d'eau en train de pourrir. Afin d'éviter les maladies, le visage recouvert d'un morceau de tissu, des hommes s'employaient à ratisser, gratter, retirer toute la vase du grand fossé qui longeait le grand mur d'enceinte. Le médecin recommandait de se rendre à la taverne pour, disait-il : « Procurer le repos aux fonctions animales et purger le corps des humeurs nuisibles et superflues. », mais cela n'éloignait ni les mauvaises odeurs ni les mouches.

Deux portes monumentales, l'une au nord et l'autre au sud, permettaient l'accès à la rue principale bordée de maisons et de nombreuses tavernes. Des gardiens accompagnés de soldat, c'est-à-dire de vassaux au service du comte, protégeaient les entrées et vérifiaient les sorties du bourg. Ils avaient en charge d'encaisser une taxe sur tout étranger comme les aubains et les forains qui désiraient vendre leurs marchandises, mais aussi à tout individu souhaitant seulement traverser la rue à cheval. On pouvait être exempté si l'on venait rendre une simple visite à un *voisin*, c'est-à-dire à un habitant.

La Hadetta Leida avait profité des acclamations à la fontaine de l'église pour passer la porte sans rien payer. Elle pénétra dans la rue principale et s'arrêta sur une placette devant une « *maysou* » imposante. Il y avait là aussi une agitation due à l'interpellation d'un homme ayant manqué de respect à un autre en présence d'une belle jeune femme dont la richesse de ses vêtements avait attiré l'attention de Leida. En effet, ce n'était pas une paysanne qui pourrait lui dire où trouver le dieu des grandes eaux. Leida avait l'intention de se faire engager comme lavandière chez une bourgeoise ou une noble. Celle-ci ferait l'affaire. La dame avait de l'allure et d'élégantes manières prononçant les mots en remuant un mouchoir blanc de sa main gantée. Leida s'approcha discrètement et proposa un verre d'eau fraîche à celle qui passait pour la victime conformément aux préceptes des Fors de Bigorre. Celle-ci, rafraichie, exigea, que le coupable de l'affront aille chez elle accompagné de douze hommes pour lui présenter des excuses, puis, laissant les accusés, elle se retourna et invita Leida à la suivre.

Dès que le coq eut exprimé son impatience au lever du soleil en chantant, la cloche de l'église s'activa dans un impératif balancement que nul n'aurait osé interrompre. Ainsi se déroulait dans le Mauvais-Bourg le même rituel matinal : des hommes partaient munis de leurs outils aux champs ou au bois, pendant que d'autres, constitués en équipes suivant leur capacité et leur spécialité, travaillaient à la construction du pont reliant la porte du Nord à la route d'Auch. La traversée de l'Adour étant indispensable aux multiples échanges commerciaux, politiques et aux voyageurs pour le Comminges, l'Espagne ou pour

Compostelle. Quant aux femmes, elles n'avaient pas attendu le coq pour commencer leur journée. Leida fut embauchée comme lavandière chez la dame mariée à un bourgeois dont le titre allait devenir une faveur de petite noblesse, mais à l'exclusion du droit de participation au grand tournoi seigneurial. On ne peut pas tout avoir !

Un matin, Leida eut la ferme intention d'abréger cette servitude qui ne lui convenait aucunement. Certes, la Dame était correcte, et la domesticité fréquentable et parfois drôles, quoique persifleuses à l'égard des étrangères ; mais il était temps qu'elle se rendre indispensable afin d'obtenir ce qu'elle désirait : retrouver le dieu des grandes eaux pour l'épouser !

Ayant chargé la lessive dans des baquets sur un tombereau, Leida et deux autres servantes se dirigèrent vers le lavoir en bordure de l'Échez. Le petit bâtiment de bois couvert d'un toit de tuiles est alimenté en eau courante par un ruisseau dit du Bourg Vieux Devant. Pour réguler les flots, on avait bâti un barrage sur l'Échez en pieux renforcés de forts blocs de pierre. Malheureusement, le niveau de l'eau était bas. Il était difficile de nettoyer correctement les pièces de tissu et encore plus de les rincer. Les deux lavandières se rendirent sur le *passalis*, le passage qui traverse l'Échez, pour y rincer le linge en le laissant glisser dans le faible courant tout en le maintenant d'une main. Pendant ce temps, Leida sortit discrètement de son sac sous son tablier dorne, son battoir d'or pour frapper tout le linge ; celui-ci en un clin d'œil fut lavé, rincé, puis plié prêt à être déposé dans les paniers. C'est à ce moment que les deux femmes virent le battoir d'or. Stupéfaites, elles tombèrent à genoux devant la Hadetta Leida lui demandant pardon de leur stupidité et de leur raillerie. La fée, pour se faire un peu désirer, fit la moue, puis affirma que les deux filles devraient lui rendre un service. L'une d'elles implora : « Demande-nous ce que tu veux ; nous le ferons. » Leida, d'une voix agacée, leur intima : « Trouvez pour moi la maison du dieu Oceanus qui garde les grandes eaux et je vous pardonnerai vos moqueries. Mais vous ne devez révéler à personne ce que vous avez vu ! »

La plus jeune, qui se nommait Finette, comprit très vite qu'il fallait se plier à la volonté de la fée, sous peine d'un sortilège. Elle travaillait pour la Dame depuis son enfance, accomplissant des tâches parfois pénibles dont souffrait son dos et ses mains malmenés. Lorsqu'on lui accordait un peu de répit et pour échapper aux persifleuses, elle sortait dans la cour agrémentée d'un puits. Alors à l'aide d'une échelle meunière, elle grimpait par-dessus le premier balcon puis se hissait encore plus haut pour trouver refuge dans le grenier ouvert au vent. Elle aimait se faufiler sous le toit, à travers les poutres et les chevrons de la charpente. L'odeur du bois se mélangeait à celui des figues, des noix, des pommes de terre et des oignons suspendus en guirlandes qui séchaient à côté des sacs de blés bien empilés. Au milieu de ce jardin endormi, la servante s'imaginait une vie où elle devenait l'une de ces héroïnes dont la Dame racontait l'histoire à ses enfants par temps de pluie.

Sa préférée était celle d'Adoura, qui donna son nom à l'Adour. Finette la connaissait par cœur, elle aimait la chuchoter en ajoutant des gestes aux paroles :

« Il était une fois, une magnifique jeune fille appelée Adoura qui vivait dans la montagne. Elle habitait une grotte au pied du pic de l'Arbizon qui fait face à celui du Pic du Midi et au massif de Lascours. La vie était difficile, car un mauvais génie balayait d'un vent froid et glacial le sommet tout au long de l'année. À chacun de ses souffles tombait au sol une neige si hostile qu'aucune végétation, aucun animal ne pouvaient survivre. Le ciel était si terne et si lugubre qu'il plongeait les vallées dans un profond sommeil.

Adoura vivait enfermée dans la grotte et ne pouvait sortir. Il lui arrivait de rêver à l'époque où le ciel encore bleu était traversé par des oiseaux de toutes les couleurs en sifflant leur joie d'aller librement. Pour se réchauffer, Adoura fredonnait d'une voix douce et mélancolique une ode à l'eau parfaitement limpide qui garde toujours par sa naissance immaculée, ce désir intense de courir sur un tapis de fleurs enchantées. Chaque soir, sa mère la lui récitait en lui brossant son abondante chevelure cristalline.

Un jour, blottie contre la paroi de la roche, Adoura entendit un bruit qui provenait du fond de la grotte. Sa chanson avait réveillé une bête. Un gros ours blanc avec de grandes pattes poilues et une tête où un long museau se balançait une fois à droite, une fois à gauche, une fois à droite, une fois à gauche. Il s'approcha d'Adoura qui avait cessé de chanter. Effrayée, elle regarda l'animal de peur qu'il ne la dévore. L'ours se mit à parler : « Qui t'a donné le droit de me réveiller de mon sommeil hivernal ?

— Monsieur l'ours, lui répondit Adoura d'une voix tremblante, je suis désolée de vous avoir dérangé, mais j'ai si froid que j'essaie de me réchauffer.
— Qui es-tu, belle enfant ?

— Je suis Adoura, une des filles de Bebryx. J'ai été condamnée à vivre dans cette grotte pour avoir désobéi à mon père. Il est le roi du peuple des Beybrides. Il voulait me marier avec un seigneur de son choix mais, j'étais amoureuse d'un berger de la vallée d'Aure. Ma conduite est une faute qui ne m'a pas été pardonnée. Alors me voici, seule, transie de ce froid que le mauvais génie souffle à longueur d'année du haut de cette montagne.

— Ta présence m'incommode. Va-t'en, lui ordonna l'animal.

— Mais je ne peux pas, monsieur l'ours. Si je sors, je vais être transformée en statue de glace.

— C'est ma tanière, rétorqua -t-il en colère, grognant en tapant et griffant le sol de ses grandes pattes velues.

— Nous pouvons la partager. Elle est profonde, lui répondit Adoura. »

Ainsi, ils se mirent d'accord. L'ours demeura au fond de la grotte et Adoura aurait le droit de chanter lorsque l'ours serait réveillé de son long sommeil hivernal. Seulement, l'ours dormait tout le temps. Il ne se réveillait pas de son hibernation car le mauvais génie soufflait de la neige glacée à longueur d'année, empêchant le soleil de réchauffer la nature. Un jour, Adoura, qui s'ennuyait beaucoup, pensa qu'il valait mieux rompre avec cette vie que de continuer à rester enfermée dans cette grotte. Elle alla réveiller l'ours et lui dit : « Ours, je viens te faire mes adieux. Je te laisse la grotte puisque je ne puis chanter. J'ai trop froid, je veux mourir. »

L'ours balança la tête avec son long museau blanc, une fois à droite, une fois à gauche, une fois à droite, une fois à gauche. Il se rapprocha d'Adoura si triste, mais si attachante. Il lui dit : « Je vais t'aider. Je peux te délivrer de cet enchantement. Chaque jour, tu pourras voir le soleil briller et le ciel se charger de petits nuages blancs ou de gros nuages gris. Tu seras libre de courir à travers la vallée au milieu des fleurs des champs. Tu entendras les oiseaux gazouiller et tu apporteras l'eau aux animaux de la terre. Tu seras utile aux hommes pour leurs cultures. Lorsque je te ferai sortir d'ici, tu deviendras une rivière. Une belle étendue de flots si claire qu'on pourra observer les poissons se promener sur ton ventre sablonneux et recouvert de gros galets. Adoura ! cours, déferle en chantant de tout ton cœur, en murmurant les secrets des sources qui t'ont vu naître, en abreuvant hommes et bêtes qui te le rendront en bien s'occupant de toi. Sois impétueuse par des cris sauvages ou sereine dans les eaux calmes de la sagesse. Deviens le miroir du ciel du jour et celui de la nuit pour les dieux perdus dans l'infini jardin du cosmos. Sois l'amie dont on fera l'éloge ou l'amante flamboyante. Mais n'oublie jamais de t'écouter couler, sinon tu ne pourras plus rêver. »

Adoura s'approcha de l'ours et le caressa tendrement. Délivrée de sa peur, elle mit ses bras autour du cou de l'animal à la douce et luisante fourrure et pleura de joie. Alors, l'ours remua sa tête avec son long museau qu'il balança une fois à droite, une fois à gauche, une fois à droite, une fois à gauche. Puis, il ouvrit grand sa gueule féroce et poussa un grognement si puissant qu'il fendit la roche de la grotte en deux. Aussitôt, Adoura se transforma en une belle et jolie rivière qui, depuis, porte le nom d'Adour. Elle s'en fut courant, dansant comme une enfant aux pieds légers, flot limpide qui descend du massif de l'Arbizon frôlant le Pic de Monfaucon et celui du Bassia ; ensuite, elle traversa les vallées et les prés des Quatre Vésiaux puis ceux de Gripp et de Lesponne , rencontrant de multiples cours d'eau, dont l'Échez que l'Adour aima comme une sœur.

Aujourd'hui, elle coule encore au Mauvais-Bourg. Si vous passez près de l'Adour, écoutez bien le bruit de l'eau faisant rouler les galets ; et, peut-être entendrez-vous chanter Adoura qui n'eut plus jamais froid car enfin elle connut les saisons : le printemps, l'été, l'automne. Lorsque l'hiver arrive, elle s'arrête de fredonner pour ne pas réveiller son ami l'ours qui dort tout là-haut dans la montagne de l'Arbizon. »

Cabane et lac d'Arou aux pieds du Pic de Monfaucon et de l'Arbizon.

54

La cloche du monastère se mit à sonner rappelant à l'ordre Finette. Le village se rassembla rapidement sur la place devant la *maysou*. Chacun laissa son ouvrage et accourut à l'appel de monsieur l'abbé. La Saint-Jean devait être fêtée dignement. Le portail de l'église serait terminé et le parvis nettoyé. Finette expliqua à Leida qui était ce personnage autoritaire au regard sombre que tous écoutaient avec un respect proche de la vénération. Plus qu'un prêtre, il est le responsable du monastère et des bourgs réunis en un seul. L'abbé a tous les pouvoirs. En plus, il parle au Dieu qui habite l'église. Il sait tout, il entend tout, il voit tout !

Les dernières lueurs du jour accompagnèrent la procession jusqu'à la fontaine de Hount de Basch où, en ce jour béni de la Saint-Jean, les eaux claires devaient guérir les malades souffrant de maux de tête et d'estomac ou d'infection des yeux.

Sur le chemin de Saint-Jacques de Compostelle provenant d'Arles, en avant du cortège se trouvaient de jeunes garçons vêtus d'aubes blanches et portant la croix, suivis du respecté homme en noir. Derrière lui marchant d'un pas lent, la Dame, ses enfants et son époux. On voulut soutenir la dame pour traverser le passalis, mais l'Échez avait cessé de couler. Les hymnes n'étaient pas joyeux. On se forçait à reprendre un refrain qui ne venait pas du cœur. Chacun se demandait combien de bêtes allaient succomber à la chaleur pendant l'été puisque même les sources étaient déjà taries. Le peu d'eau de l'Adour ne faisait plus tourner les moulins. Les femmes murmuraient des secrets : il n'y aurait pas de naissance l'an prochain. La fontaine avait des vertus que réprouvaient quelque peu monsieur l'abbé, car il était bien connu qu'après le feu de la Saint Jean, il y avait plus de baisers que de prières !

La Hadetta Leida attendit au bord du chemin près du bâtiment vouté en ogive aux murs de briques plates et de cailloux de l'Adour liés au mortier de chaux.

Lorsque la procession se présenta devant la *Hount de Basch* asséchée depuis des mois, les hommes retirèrent de leur tête leur cale, les femmes tombèrent à genoux. Certains pleurèrent des larmes chaudes et sincères, d'autres chantèrent des cantiques, mais tous prièrent avec ferveur. La fée les prit en pitié. Elle s'avança et tous virent ses pieds palmés. À cet instant, l'enfant, qui avait mangé la pomme, mais n'avait toujours pas retrouvé la parole après avoir chanté près de la fontaine à côté de l'église, se mit à dire : « Le fond de la cuve est bouché par des pièces de monnaie. Il faut les retirer et l'eau reviendra. »

Depuis la conquête des Romains, on avait coutume de jeter une pièce dans une fontaine en faisant un vœu ! Pour éviter tout problème et récupérer l'argent, on avait fini par pratiquer une cavité derrière le petit bâtiment avec une pierre levée dans laquelle une niche avait été aménagée sur la partie supérieure protégée par une plaque de fer possédant une fente afin d'y glisser les pièces de monnaie : c'était en somme un tronc à offrande, que monsieur l'abbé vidait régulièrement.

La Hadetta Leida se plaça à l'intérieur de la fontaine. On l'entendit prononcer des incantations tout en grattant le fond, puis elle pleura et disparut par enchantement. Les uns après les autres, les hommes et les femmes se relevèrent sans poser de question. L'abbé confiant se pencha par-dessus la cuve. Il ordonna à l'enfant, que la fée avait choisi, d'y pénétrer. Le garçon se laissa glisser le long de la paroi noire et froide et ressortit le visage rayonnant des pièces plein les mains. Tout à coup, on entendit un bruit provenant des profondeurs. Un gargouillement suivi de quelques projections de boue. Puis, comme pour rappeler que l'eau appartient à la source primordiale, un cri sauvage sortit des profondeurs et expulsa un jet d'une eau claire et fraiche ! Monsieur l'abbé s'écria : « Alléluia, Gloire à Dieu au plus haut des cieux ! » Il célébra la messe et oraisons toute la nuit sous les torches de la Saint-Jean. C'était comme si les étoiles ne voulaient pas s'éteindre sur le chemin de Compostelle.

Pendant que le vent emportait les messages de chacun vers les cieux, la source réanimée remplissait la fontaine des larmes délicates versées par la fée repentante. Dans chacune d'elles se cachait un secret pour guérir les maux des hommes. Il suffisait de dire : « Fée des eaux guéris ma tête, mon dos, mes yeux », pour que l'onde cristalline agisse sur le mal. Depuis les temps les plus reculés, avant que le vicus devienne un bourg et soit christianisé, les femmes venaient boire à la fontaine de *Hount de Basch* dans l'espoir d'être enceintes durant l'été. Pour ces épouses, la fécondité était une affaire de foi en l'eau enchanteresse !

Certaines femmes connaissaient la juste parole pour avoir un enfant dans l'année, car la fée des eaux garde en mémoire tous les secrets qui lui sont confiés. Il fallait avant de boire se pencher au-dessus de la fontaine et prononcer le prénom qui serait donné à l'enfant, lequel ferait un voyage magique. Comme un cocon, le prénom se trouvait envelopper dans une goutte cristalline pour descendre au plus profond de la source où il allait rejoindre les entrailles terrestres. Puis, pétrie de boue primordiale, l'inscription du prénom du futur enfant, enfermée dans son enveloppe imaginaire, remontait vers la surface de la terre avec le liquide sacré. La future mère plongeait son écuelle dans l'eau de la fontaine, et avalait le prénom prisonnier placé dans la goutte d'eau pour le tenir bien au chaud au plus profond de son cœur. Pour ne pas oublier ce lien magique, elle dessinerait des cercles sur ses mains en les recouvrant d'une eau vibrante et consolante. L'eau devenait le passeur entre la fée et l'humain, entre ce qui fut hier et ce qui sera demain.

Par ce beau matin d'été, le ciel d'un azur immaculé, laissa libre l'astre solaire de consumer encore les champs de la campagne environnante. La Hadetta Leida reprit son chemin en souhaitant apercevoir une maison avec de très hauts murs, pouvant être celle d'un dieu ou d'un géant aux pouvoirs immenses. Finette en avait vu dans la vallée de l'Adour : elle les nommait églises. D'autre part, on lui avait affirmé qu'il en existait une très ancienne, *l'ecclesia Sancti Gemineri*, bâtie sur l'emplacement d'un domaine agricole romain qui fut autrefois très important. Le cœur apaisé d'avoir pu redonner de l'espoir aux gens des villages, la fée marchait d'un pas vif en pensant à la fontaine de Hount de Basch qui désormais coulerait à flots. Elle s'était écartée de la route principale qui menait à Tarbes pour suivre un sentier longeant une grande boucle formée par l'Adour. Elle pouvait apercevoir un bâtiment en haut duquel une aiguille de pierre s'élevait vers le ciel. Soudain, des cavaliers, au service de l'abbé, surgirent et lancèrent un filet pour la capturer. Elle comprit qu'elle avait été dénoncée par l'autre lavandière à l'homme vêtu de noir qui ne souriait jamais. Surprise, elle ne put se débattre ni se transformer. Ses pieds palmés l'avaient déséquilibré. Elle s'écroula au sol et sentit des mains l'empoigner fermement, l'agrippant pour la déposer rudement à califourchon sur une des montures. Elle eut juste le temps d'apercevoir la tour d'un pigeonnier. L'horizon se mit à tourner, elle le vit à l'envers et perdit connaissance.

Lorsqu'elle revint à elle, une odeur de fumée de bougie la fit toussoter. Elle était entourée de hauts murs recouverts d'un toit dont les boiseries ressemblaient à un bateau retourné suspendu, la coque vers le ciel. La salle était immensément sombre. Seule une faible lumière traversait des vitraux colorés placés sur la partie supérieure des murs. Elle ne pouvait pas apercevoir le fond de ce bâtiment tant il était long. Elle reposait sur un sol froid et dur. Jamais elle n'avait ressenti une si vive douleur. Maintenu par une corde, l'un de ses pieds se trouvait attaché à un petit autel en grès dont la table était recouverte d'une nappe blanche et d'un crucifix. Elle connaissait le sort réservé aux fées capturées : être battue puis brûlée vive. Pourtant, elle n'avait cherché qu'à faire le bien la nuit de la Saint-Jean !

Son devoir n'était pas accompli. Elle ne devait pas disparaitre à tout jamais dans le monde souterrain. Certes, la déesse mère lui avait commandé de remplir les rivières, mais elle n'avait pas encore trouvé le roi des grandes eaux, celui que l'on nomme Oceanus. Leida, la laide, espérait qu'un dieu l'épouse pour retrouver sa beauté de l'époque des glaces éternelles qui donnait à son teint une blancheur immaculée faisant resurgir ses yeux de lapis-lazuli. Maintenant qu'elle avait vu la détresse des humains par le manque d'eau, elle voulait réussir à rehausser le niveau de l'Adour et de l'Échez. C'était son plus cher désir. Alors, prise d'une immense tristesse, elle s'allongea sur le sol et se mit à pleurer des flots rouges de regret d'avoir fait le mal envers ses filles, puis des flots bleus d'avoir aimé la vie qui allait se terminer sans avoir le droit de se rendre sur la terre des étoiles, auxquels s'ajoutèrent les ondes vertes des pleurs de ses six sœurs qu'elle avait malmenées et les eaux noires plaintives de ceux qu'elle avait transformés en roche ou en corbeau. La Hadetta Leida pleura tant et tant que le sol en fut intégralement inondé, lavé sur toute la surface. Dans un dernier soubresaut, elle vit toutes les couleurs de ses larmes sur le sol : du rouge, du bleu, du vert et du noir. C'est à cet instant que, par la fente d'une fenêtre, s'élança un faisceau de soleil s'habillant avec toutes les couleurs associées à l'or et à l'argent. Une force lumineuse les absorba avidement et les fit tournoyer, resplendissante, telle une oriflamme tourmentée par les vents. Le sol, après avoir été nettoyé par les larmes de la fée, fut inondé de cette clarté astrale. Il laissa apparaitre un magnifique portrait : celui du dieu des océans, composé d'une myriade de tessons de couleurs. Une mosaïque grandiose représentant le visage d'Oceanus émergeant au centre du dallage avec deux yeux noirs entourés de rouge qui semblaient endormis par le temps. Son aspect imposant, perdu dans une forêt d'algues, portait une barbe relevée par une longue moustache formée par deux poissons. Du haut de son front sortaient des antennes étirées comme les pinces d'un crabe qui prolongeaient facétieusement d'épais sourcils. Un coquillage était renversé sur sa tête, soutenant une couronne terminée par une feuille. Tout autour de la divine majesté régnait un monde aquatique ordonné symétriquement : poissons, canards, poulpes et autres dauphins s'animaient dans des rectangles entrecroisés de lignes aux motifs géométriques, pendant que des coquillages aux tons de blanc laiteux, de jaune doré et de nuances de brun parsemées de vert, se confondaient sur un fond rouge brique. Voilà que la récolte est bonne ! le dieu Océan, plein de mansuétude, a laissé çà et là des paniers, que l'on s'empressera de remplir. Une façon de dire qu'il est le maitre des eaux et donnera à chacun suivant son utilité.

La fée se ressaisit de sa frayeur. Elle invoqua les énergies des ondes. De par ses pouvoirs et son ancienneté, elle était capable de communiquer la valeur sacrée de la vie et de la mort à travers l'eau rédemptrice, sachant que sa propre existence en dépendait. C'était le prix à payer pour ses erreurs. Son devoir était celui de servir en répondant aux ordres de la Terre mère Mari. Dans un dernier sursaut, elle ôta ses habits de lavandière pour se revêtir, par enchantement, d'une longue robe blanche plissée d'un lin d'une exceptionnelle finesse, tout en détachant sa voluptueuse chevelure brune, qui recouvrit ses épaules dénudées. Puis, elle proféra des paroles que seules les fées ont le droit de prononcer, des mots sortis des entrailles de la terre venus se mêler à la froideur des neiges éternelles. La jeune femme perdit les pieds palmés lorsqu'elle déposa sur les lèvres d'Oceanus un baiser. Elle forma sur le visage du dieu des océans et de toutes les mers un cercle avec les sept pierres aux couleurs de ses sœurs : l'argent, l'émeraude, la turquoise, le saphir, l'opale, l'or, plus l'onyx pour elle-même. Puis, retenant son souffle, elle renversa au centre, la fiole d'eau sacrée donnée par Mari, la déesse mère, au rocher de Chourruque. La fée s'allongea sur la mosaïque du dieu et l'enlaça comme on entoure de ses bras celui qu'on aime. À cet instant, l'Hadetta Leida disparue dans le monde souterrain pour toujours et à jamais.

Dehors, il se fit entendre un grondement provenant du lit de la rivière. Bouillonnants de fièvre, les flots se précipitèrent, submergeant les berges, brassant les galets, malmenant branches et ronces. Au loin, près du nouveau pont, le passeur sentit la barge tanguer ; d'abord inquiet, il la retint de toutes ses forces à l'aide de la perche, mais remarquant que la hauteur de l'eau augmentait, il se réjouit discrètement, avec un léger plissement de lèvres, en levant les yeux vers l'église dont la cloche carillonnait à toute volée. On entendit des acclamations de joie et d'allégresse tout au long des berges de l'Adour et de l'Échez. Tandis que se remplissaient les puits, les mares et les auges dans les champs, les bêtes se relevaient, saluant le retour de l'eau vivifiante.

Dans l'immensité de l'azur, un corbeau noir tournoya au-dessus de l'église de Saint-Girons pendant que des enfants s'exclamaient : « C'est celui du Mauvais-Bourg ! c'est celui de Maubourguet ! »

FIN

En suivant la Hadetta Leida, sur les chemins de randonnées.

Cabane des Aguilous

La cabane de berger des Aguilous (des aigles) se situe au pied de la muraille de la Salette (la frontière, la barrière). Il faut se rendre à Héas au pied du cirque de Troumouse à 1500 m d'altitude. La visite de la chapelle (1349, le premier sanctuaire connu) s'impose entre légende et avalanche. Le 15 août, jour de l'Assomption de la vierge Marie, une cérémonie rend hommage aux guides de montagne décédés durant l'année. La messe est célébrée en plein air, accompagnée de chants pyrénéens. Il n'y pas encore si longtemps les curistes de Bagnères et de Cauterets venaient rendre dévotion à Marie : c'était le défilé des baigneurs habillés de broderie et couverts d'un grand chapeau enrubanné.

Juste à la sortie d'Héas, direction cirque de Troumouse. Parking à droite. En face, un sentier balisé monte vers la Hourquette d'Héas. Il suit un ruisseau jusqu'au Pla puis continuer rive gauche, passer devant l'oratoire de la Sainte Famille et la cabane de l'Aguila à 1900 m d'altitude, continuer vers la cabane des Aguilous. Durée aller/retour 4 h 30 pour marcheur.

Avertissement : *Ces indications sont très brèves. Elles sont fournies à titre d'invitation à venir découvrir des lieux où l'auteur a puisé son inspiration. Pour toutes randonnées, consultez des sites professionnels, ainsi qu'une carte IGN d'un parcours et surtout la météo. Chaque randonnée se fait donc sous votre propre responsabilité. Les informations fournies ici ne pourront en aucun cas engager la responsabilité de l'auteur en cas d'accident ou de quelque manière que ce soit.*

Lac des Gloriettes, cirque d'Estaubé, Rocher de Chourrugue, cabane des Agudes.

Une jolie randonnée à faire de préférence à partir de Mai, lorsque les cascades grondent leur impatience tout au long du sentier qui part du lac des gloriettes jusqu'au cirque d'Estaubé. Situé entre le cirque de Gavarnie et celui de Troumouse, le cirque d'Estaubé, avec ses marmottes et ses isards, est un enchantement pour toute la famille.

Au retour, on peut suivre le sentier Découverte pour rejoindre le parking, il permet une jolie vue de la rive opposée sur le lac. Passant au pied du rocher de Chourrugue, on pourra remarquer l'alignement de pierres dressées, et en levant les yeux, la belle cascade sortant du trou béant. Il est autorisé de laisser son imagination virevolter dans cet endroit magnifique et magique ! Attention aux fées, lutins, nains, géants et bien d'autres qui peuvent encore s'y cacher. Le déversoir sert à alimenter le barrage avec les eaux de l'Aguila.

Après Gèdre suivre Héas. Environ à 4 km, prendre à droite vers le lac des Gloriettes (1670 m). La route grimpe jusqu'au parking.

71

Suivre le chemin balisé qui contourne le barrage (voir panneaux pédagogiques), jusqu'au Pla d'Ailhet (1899 m). Compter aller/retour 4 h 30 pour marcheur avec les pauses.

Quant à la cabane des Agudes, elle se trouve de l'autre côté du rocher de Chourrugue en traversant la montagne de Pouey Boucou. On peut prendre un sentier qui, d'Héas suit la route qui monte à Troumouse. Dans un virage se trouve un départ pour le lac des Gloriettes via le Pouey-Boucou. Je ne peux donner de précisions, n'ayant pas encore fait ce circuit.

Site portant un intérêt :

http://lieux.loucrup65.fr/apparitionheas.htm

http://eal-rando.blogspot.com/2012/12/traversee-de-la-montagne-de-pouey-boucou.htm

Avertissement : *Ces indications sont très brèves. Elles sont fournies à titre d'invitation à venir découvrir des lieux où l'auteur a puisé son inspiration. Pour toutes randonnées, consultez des sites professionnels, ainsi qu'une carte IGN d'un parcours et surtout la météo. Chaque randonnée se fait donc sous votre propre responsabilité. Les informations fournies ici ne pourront en aucun cas engager la responsabilité de l'auteur en cas d'accident ou de quelque manière que ce soit.*

Lac des Gloriettes, Cirque d'Estaubé au fond

D'une historiette à une autre
en passant par Maubourguet.

Pourquoi Maubourguet ?

Tout simplement parce que j'y habite depuis
2006. Au début, je traversais la ville sans trop me
poser de questions. Puis, petit à petit, la curiosité
m'a portée à regarder où je mettais les pieds, à
lever le nez pour voir au-delà de l'horizon. J'ai
découvert, non pas une, mais de nombreuses
histoires d'hommes passionnés, de femmes qui
ne se laissent pas faire, des rivières qui
deviennent des sœurs, un clocher qui a eu un rôle
militaire, des ponts, une fontaine guérisseuse, des
moulins et toute une richesse de vie en commun
qui a entrainé maints voyageurs à y faire escale
sans avoir envie d'en repartir.

Alors, laissez-vous guider pour ensuite flâner
dans une ancienne bourgade médiévale et ses
alentours où l'histoire possède cette saveur
gustative qui donne envie d'être savourée dans
un plat ni élégant ni raffiné, mais simplement
épicé avec authenticité.

Maubourguet, dans le département des
Hautes-Pyrénées, est située près du confluent de
l'Adour et de l'Échez, entre les coteaux de

l'Armagnac et ceux du Béarn, à l'entrée de la Rivière Basse. Très vite, ce bourg est devenu le point de convergence de plusieurs voies de communication routières venant d'Auch et de Toulouse via Tarbes, et fluviales vers Aire sur Adour menant à Bordeaux. On retiendra les chemins empruntés par les pèlerins de Saint-Jacques de Compostelle devenus aujourd'hui le GR 653 et le GR101. Sur ces axes, un va-et-vient d'hommes, de bestiaux et de marchandises va faire de Maubourguet un lieu de rassemblement, d'échanges et de rencontres.

Sa situation en plaine a facilité l'installation de peuplement préhistorique. Dès la fin du néolithique, des groupes humains cherchent à s'établir à la croisée des rivières de l'Adour et de l'Échez. Il faut donc descendre le chemin qui longe l'Adour à côté de l'église, celui emprunté par l'Hadetta Leida, pour se retrouver dans un pré pour rencontrer les frères de l'homme de Tautavel. On se rendra vite compte que les rivières qui bordent l'espace forment une protection naturelle. L'individu a pu y installer son camp, sa tribu et faire des projets ! Il n'est pas difficile de se l'imaginer chassant, pêchant, cultivant, aiguisant ses outils avec les galets ramassés dans le cours d'eau. Et puis à l'aide de branchages, il fera sa hutte qu'il renforcera d'un mélange d'argile et de cailloux. On a envie de dire qu'il est heureux. Alors, il tourne la tête et considère derrière lui ce petit monticule qui domine son espace vital. Il le voit comme une butte primordiale accueillant les premiers rayons de soleil. La vie, l'espoir, la connaissance s'implanteront comme une divinité naissante sur cet espace qui restera sacré à jamais passant de sanctuaire à église. Aujourd'hui, le pré en dessous de l'église est devenu un lieu enchanteur, cher au cœur des habitants puisque l'on peut y admirer chaque année un feu d'artifice pour les festivités. La joie, l'illumination, la fête, donc le partage et la convivialité, sont bien des caractéristiques de la localité.

De l'importance de l'eau.

L'eau, omniprésente, sera le premier outil de la civilisation naissante du Pyrénéen. Sans eau, pas de pêche, de chasse, de culture, pas d'élevage, pas de déplacements, pas de solides constructions. C'est la base de la vie, mais aussi des ponts, des gués, des moulins, des canaux, des puits, des lavoirs, des bains, des murs à disposition régulière de galets roulés, qui viendront modeler la physionomie du bourg jusqu'à la fin du XIXème siècle. Il a suffi aux premiers habitants de tailler leurs outils dans le silex, d'utiliser des galets pour faire des armes et de travailler une terre riche pour ensemencer et développer l'élevage. Les rives sont riches en glaise facilement modelable. La poterie possède des motifs en creux faits à l'aide de coquillage ou de peigne. Les abords des rivières vont faire vivre une faune à chasser puis à domestiquer, mais aussi une riche flore, dont des arbustes souples et rigides servant à édifier des palissades et à fabriquer des équipements d'archerie.

Au fil du temps, les constructeurs perfectionnent les bâtiments pour les rendre plus durables et plus sûrs. C'est encore la contribution de l'eau qui domine avec les murs en galets roulés de l'Adour mélangés aux sables fluviaux et à l'argile. Les galets roulés de forme oblongue et régulière servaient à édifier les façades de bâtiments, dont les granges, les poulaillers, les lavoirs ainsi que les murs des propriétés privées et des cimetières. Les galets étaient disposés en position horizontale ou oblique (« en épi de blé » ou « en fougère »), en couches alternant avec des couches de mortier de sable et de chaux, technique limitée en hauteur, mais solide. Cela permettait ensuite de poser par-dessus un colombage en bois et torchis (paille et boue argileuse), recouverts d'un enduit isolant. L'argile rouge orangé de bonne qualité issue de la plaine alluviale servit à la fabrication de tuiles et de briques. On en retrouve incrustée dans les murs pour lutter contre l'humidité. Elles sont la base du four à pain, de margelles de puits, de fontaines, et sont aussi utilisées pour les encadrements de portes, portails et fenêtres. La tuile (de type canal ou plate) était fabriquée notamment à Auriébat, Lahitte-Toupière ou Lascazères, villages voisins. Les bâtisseurs du Moyen Âge ont préféré construire d'épais murs en brique et en galets. Pour l'esthétique ou l'ostentation, certains ont utilisé la pierre du Gers, un calcaire jaune friable, tant pour les voutes des églises que pour les encadrements de fenêtres. Enfin, l'ardoise taillée en petits rectangles sert à recouvrir les toitures. En retrait des rivières s'étendent de beaux bois qui seront employés pour les charpentes et colombages ; quant au châtaignier des coteaux, il servira à la fabrication de petit mobilier. Plusieurs murs typiques sont encore présents dans le bourg notamment des fragments d'un mur d'enceinte entourant l'ancien fossé, aujourd'hui un site bordé d'une large allée de platanes.

Du vicus à Maubourguet.

Nous voici donc sur le territoire de Bigerri, dans un *vicus*, chef-lieu de Pagus. Nous sommes en - 56 avant note ère, Publius Crassus va l'organiser en fonction des axes routiers menant au nord vers Auch, et au sud vers Tarbes et Tolosa. La navigation permettait de remonter jusqu'à Aire sur Adour d'où embarquaient les produits (notamment le blé et le vin) pour Bordeaux puis direction Rome. Le vicus est surveillé par les légions romaines basées à Lugdunum Convenarum (St Bertrand de Comminges cité qui s'étendait sur une superficie de 32 ha et comptait environ 10 000 habitants) qui escortaient aussi les marchandises. On constate un premier lieu de rassemblement à chaque entrée des grands axes par la présence de nombreuses auberges. De plus, dans les environs se trouvent plusieurs villas à exploitation agricole dominant la campagne (lieux-dits Barbazan, Prados, Candillac, Saint-Girons, Lambert, et quartier dit du Faubourg situé sur les départementales D3 et D543, ou encore Latecouer, Cucuron et les autres bourgs comme celui du Vieux Bourg, celui dont les habitants ne sont pas faciles, surnommé *le Mauvais-Bourg,* situé rive gauche de l'Échez, parcelle de 3 hectares entourée d'un talus surmonté d'une palissade protégée d'un fossé.

De la période du haut Empire romain au Bas-Empire romain, la campagne s'active, se cultive, se peuple, comptant beaucoup de déplacements. Elle participe à l'animation du vicus de -27 à 491. Les Gallo-Romains, pour ne pas dire les Pyrénéens romanisés, vont multiplier leurs efforts, nous laissant quelques témoignages de leur mode de vie. On retrouvera des outils, des pans de murs, un magnifique bassin mosaïqué d'une villa romaine, des colonnes de marbre, des éléments architecturaux réemployés au fil des ans, selon les modes de vie en un savant mélange qui forgera le caractère du vicus. C'est le Haut Moyen Âge qui apportera la touche finale faisant du vicus, sans nom officiel, aménagé par Publius, un bourg, celui de Saint-Martin de Celle qui prendra l'appellation de Maubourguet.

Dans la mouvance de la christianisation de la région, avec ses références civilisationnelles, apparait un nouveau modèle d'organisation religieuse et sociale se reflétant dans le domaine funéraire et architectural. Là où se trouvaient de riches villas avec de grandes propriétés romaines et sa population attenante, on voit apparaitre une église entourée d'un petit bourg (Saint-Girons, Larreule, l'église de Saint Justin de Cucuron, celle de la S Madeleine sur le village de la Motte (Ladevèze).

Les moines, qui viennent s'installer à Saint-Martin de Celle pour bâtir un monastère, arrivent de l'Abbaye d'Alet dans l'Aude. L'histoire de cette fondation est indispensable pour bien comprendre la mentalité des futurs Maubourguetois. En résumé : Charlemagne de retour d'Espagne décide de laisser à Alet-les-Bains dans le Comté du Razés, une garde constituée de ses fidèles lieutenants pour tenir, les Marches d'Espagne. C'est le fils d'un entre eux, Béra 1er Comte de Razés et de Barcelone qui va hériter du Rhedesin. En 813, il va remercier Dieu de cette grâce en transformant le petit monastère d'Alet en abbaye richement dotée de vastes territoires restant sous l'autorité de l'abbé. L'abbaye adoptera la règle de Saint-Benoît inspirés des principes énoncés par Jean Cassien à son retour d'Égypte, lui-même se basant sur les règles de Pacôme, père du cénobitisme qui fonda le premier monastère en 324 à Tabenèse près de Nag Hamadi. L'héritier spirituel de Pacôme est l'abbé, c'est-à-dire le responsable du monastère, celui qui transmet la connaissance aux moines (en langue de l'ancienne Égypte, *sebayt*, la connaissance et le savoir pour apprendre à apprendre). L'abbé fait respecter la règle de vie dont : l'obéissance, la pureté du corps, et la pureté du cœur, la pauvreté individuelle et l'alternance du travail et de la prière en un équilibre entre solitude et vie communautaire. Théodore, son successeur, dépeint la pédagogie de Pacôme dans 2 œuvres constituant les institutions cénobitiques lues par saint Basile, mais également par saint Benoît. Les 73 chapitres de la Règle bénédictine vont connaitre un rapide succès. Dès 817, elle est imposée dans tous les monastères carolingiens, avec la fameuse devise « *ora et labora* » : prie et travaille.

L'histoire nous montre que les abbés reçoivent uniquement un titre, qui forme une charge éducative des plus importantes. Leur responsabilité repose sur les notions d'honneur et de foi. En 1091, le prieur de l'Abbaye d'Alet, l'abbé Pons d'Amély, va faire construire des fortifications entourant l'abbaye et le bourg attenant, mettant ainsi les personnes de toutes catégories sociales et les biens sous son autorité et sous sa protection comme celle contre les routiers, ces mercenaires sans solde qui massacraient et pillaient les villages. Si l'abbaye prospère, l'abbé, homme d'honneur et de foi, reste indépendant ; il devient une personnalité respectée, mais aussi un éducateur pour les moines qui partiront construire des monastères sur le même modèle que celui d'Alet.

En 1161, le Comte de Bigorre Pierre de Marsan en accord avec le prieur d'Alet et l'abbé de Saint-Martin de Celle, va regrouper la population des villages du Vieux-Bourg (rive gauche de l'Échez) avec celle de Saint-Martin de Celle et du quartier du Faubourg sur la route d'Auch, pour former un seul bourg : celui de

« Maubourguet ». On pense que la population du Vieux-Bourg étant plus importante, la dénomination du Maubourguetois est devenue logique. Le nom de Maubourguet ne changera plus. Une ferme volonté de protéger le bourg et tout ce qu'il contient d'hommes, de monuments, de trésors, mais aussi de culture et de traditions donnera son caractère à Maubourguet. On retrouvera sur ses armoiries communales les renards rusés côtoyant les armes royales, le tout surmonté de l'emblème des villes fortifiées.

L'abbaye est bâtie sur un ancien sanctuaire paléochrétien, auparavant temple romain dédié à Diane, sur un petit monticule dominant l'Adour et l'Échez, là où tout avait commencé avec notre homme du néolithique, qui y avait placé un petit sanctuaire à une divinité païenne, non identifiée, pour lui rappeler que l'espoir doit rester fidèle en son cœur sur le tertre sacré pour l'éternité. Maubourguet renforce son dispositif défensif par un fossé (à l'emplacement de l'actuelle allée centrale avec sa belle pergola de platanes) ceint d'une muraille qui entoure le monastère et le village sur une circonférence d'un kilomètre. La ville s'ouvre sur le monde extérieur par deux portes monumentales à péage. Le bourg applique les lois féodales du comté, outre les siennes propres, en référence au Fors de Bigorre, établi entre 1088 et 1097 ; charte de 43 articles faisant référence aux mœurs d'une localité soumise au Seigneur qui devait administrer le pouvoir judiciaire. En Bigorre pour agir et réagir, on a dû « cadrer » la vie sociale !

Une charte d'affranchissement du Comté sera signée en 1171. Marthe de Bigorre épouse Gaston VII de Moncarde en 1256, Maubourguet et La Rivière Basse sont rattachées au domaine des Comtes de Béarn, puis à celui des Comtes d'Armagnac. La Charte sera confirmée sous Philippe le Bel en 1301, puis par Bernard VI Comte d'Armagnac en 1309 et enfin par Henri IV et Louis XIV. Le pouvoir en Bigorre se compose de trois ordres réunis : le clergé avec le commandeur de Saint-Jean de Jérusalem, les barons et gentilshommes, et le tiers-état comprenant 29 représentants des villes, lieux et vallées, dont 7 villes incluant Maubourguet. Le Comte n'y fait pas référence au roi, mais à l'inspiration divine, car le seigneur est élu et voulu par Dieu (c'est souvent le prieur).

La communauté obtient le droit de s'organiser politiquement et d'élire chaque année son représentant. Les femmes avaient le droit de vote, et pouvaient accorder le droit d'asile. D'autre part, les aînées sont héritières de leur père et reçoivent chez elle leur mari ! Les lois étant faites pour changer, les villes de Bigorre modulent les lois en s'appuyant sur d'anciennes coutumes. Au XIIIe siècle, Maubourguet était considérée comme une municipalité libre, moyennant le paiement d'une franchise grâce à sa prospérité due aux commerces, en droit de passage (à cheval ou à pied), aux grandes foires et aux marchés, sans compter ses soixante tavernes et ses quatre maisons de fine joie et aux amendes. À Maubourguet, il était interdit de se battre sur la place du marché sous peine d'une amende de 20 deniers. Outre les marchés, très fréquentés, on participait volontiers aux festivités comme la fête des gâteaux du 1er mai dédié à saint Orens ou la grande quête du Curé où des chars parcouraient la ville en s'arrêtant devant chaque maison pour collecter du blé, de la paille, des sarments ou autres produits de la terre. Les charrettes étaient accompagnées de chant au son de musique, de cris et d'applaudissement. D'une porte à l'autre, la rue Grande débordait d'animation. On peut s'imaginer le bruit, les odeurs, les cris, le brouhaha au rythme des fêtes religieuses et des saisons agricoles et de chasse.

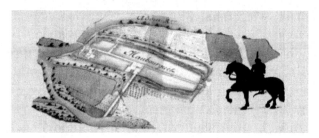

Les portes, les taxes et les chevaliers.

Chaque porte du bourg avait une importance capitale. Elles s'ouvraient et se fermaient à heures fixées par le seigneur. Elles avaient un rôle de sécurité (y compris sanitaire), mais aussi source de revenus : il fallait payer, que l'on soit étranger, habitant ou voisin. À chacun son droit ou son devoir lorsqu'il s'agissait de pénétrer Maubourguet.

« Habitant » désigne l'homme du peuple suivant l'ancienne loi romaine. Il est résident, mais non-citoyen. Il reste souvent à l'écart de la cité, à cultiver les champs. Le « voisin », *vicanus,* celui du vicus, jouissait davantage de droit comme celui de coupe de bois sur les terres. Les voisins traitaient, discutaient, administraient les affaires sur une place, le parvis de l'église ou sous un chêne ou un ormeau suite à une convocation. Il est agréable de constater que les participants aux réunions sont représentés par : « la partie la plus saine et la meilleure du vicus », (dans un texte de 1497). Les voisins avaient donc le droit d'aller et venir à leur guise, mais s'acquittaient d'une taxe servant à entretenir la cité. Quant au titre de bourgeois, il concerne l'habitant du bourg, devenant un titre d'honneur comme, une faveur. Les « étrangers » sont avant tout les aubins (cavaliers de passage), ou des forains. L'étranger qui désirait devenir voisin commençait par être un simple habitant pendant un an d'observation tout en bénéficiant de la protection des juges contre la violence (dérive du bon vin). Il est dit : « d'un étranger que s'il ne fait l'objet d'aucune réclamation à Maubourguet, on le déclarait voisin bénéficiant d'aide et d'assistance. » L'étranger, le forain, ne pouvait vendre que les jours de foire. Il se trouvait exempt de taxe si, passant à cheval, il n'en descendait que pour faire politesse à un voisin. Les gardes de la porte donnaient l'alerte et on faisait sonner la cloche de l'église, si un vésiau avait donné l'hospitalité ou loué un appartement à un étranger sans le consentement du peuple assemblé sur la place publique. L'amende était de deux écus !

Voilà donc un petit aperçu des us et coutumes du Moyen Âge en ce bourg de la province de Bigorre. Ce comté, dont le premier comte fut Donat Loup et le dernier Henri IV. Comté qui fut considéré comme un petit état féodal donnant tout pouvoir à celui qui le dirigeait ! Les mœurs, les traditions vont maintenir en place ce système féodal pendant plus de cinq siècles, désorganisant les acquis des Romains et des Mérovingiens, mais sans ménager l'autorité royale et provinciale. Ce n'était pas une mince affaire de gouverner ce peuple fier, indépendant et rusé, mais curieux, imaginatif, inventif, tirant profit de ce que la nature avait de plus précieux à lui offrir : de l'eau en abondance. Il me plait ici de citer Mr de Lagrèze dans *Histoire du Droit dans les Pyrénées,* lorsqu'il écrit : « *le Moyen Âge est le monde de la diversité.* »

Si vous traversez l'Adour par le pont de l'église, vous aurez derrière vous la porte par laquelle la Hadetta Leida a pénétré le bourg. Si elle avait continué son chemin vers le quartier du

Faubourg en des temps plus avancés, elle serait parvenue à la commanderie de Saint-Jean de Jérusalem. Installée au carrefour des routes menant à Auch, à Auriébat et à la voie d'Arles. Sur la route d'Auch sont installés des péages, des tavernes où commerçants et militaires côtoient les pèlerins qui cherchent le gite et le couvert. Les chevaliers avaient donc matière là à se rendre utiles. On ne sait si la Commanderie a choisi ce lieu à l'initiative des chevaliers propriétaires terriens de la région (héritiers des fidèles lieutenants de Charlemagne) ou sur incitation de l'Ordre. C'est en 1313 qu'est bâtie la Commanderie avec ses dépendances, moulin, chapelle et terres cultivables pour pouvoir nourrir pèlerins, travailleurs et chevaliers. L'Ordre de Saint-Jean de Jérusalem, connu dès le XIIe siècle sous le nom d'Ordre Hospitalier de Saint-Jean de Jérusalem est à vocation militaire ; il s'agissait initialement de prendre soin des pèlerins malades voulant se rendre en Terre Sainte. L'histoire est passionnante et pleine de rebondissements, mais aussi d'initiatives culturelles et médicales dont la création d'une médecine d'urgence. La commanderie accueillait les pèlerins de Saint-Jacques portant une coquille en signe de reconnaissance. Elle symbolisait la démarche de ceux qui recherchaient une sorte de renaissance, de transformation par la mise en mouvement de l'action de la marche, du corps et de l'esprit.

De l'eau à la coquille, il n'y a qu'un pas pour le pèlerin ! On constate la présence iconographique de la coquille dans l'art égyptien, bien des siècles avant que fût instaurée l'idée du pèlerinage à Compostelle après la découverte du corps de l'Apôtre Saint-Jacques par l'ermite Pelayo en l'an 825. L'art a puisé dans les fonds imagés de l'Égypte pharaonique et gréco-romaine. Constituant un art nouveau destiné à exprimer la foi chrétienne de l'Égypte copte christianisée par l'Apôtre Marc lors de sa venue en l'an 68 à Alexandrie. À l'origine, la représentation de la conque remonte à la mythologie grecque. Elle est l'attribut principal de la déesse Aphrodite, déesse marine donc en relation avec l'eau, fille d'Ouranos ; elle sort de l'écume marine, ce que reflète son nom ἀφρός, aphros : écume. La coquille devient son attribut. L'art va se l'approprier. L'Égypte chrétienne évolue sous les Romains et cherche à exprimer un concept associant la raison, la sagesse, la création. Pour humaniser ce fait, l'écume marine va être représentée par une coquille en tant que ventre plissé enveloppant la déesse se trouvant ainsi enfermée avant sa naissance dans la conque. L'Égypte hérite d'une entité supplémentaire, selon son syncrétisme usuel, car elle y voit une idée du sarcophage, lieu de résurrection du dieu Osiris. Il ne suffit plus qu'à introduire à ce mélange une essence du panthéon égyptien : Neith, dans sa fonction de déesse des eaux. La coquille représentée sans la déesse deviendra un symbole maternel, lieu d'élaboration de ce qui est nouveau, passant des ténèbres à la lumière. La coquille est un peu le tabernacle du pèlerin.

Les chevaliers se devaient de défendre et d'accueillir de tels hommes puisqu'eux-mêmes, sur les routes et les mers menant à Jérusalem, accomplissaient leur pèlerinage au risque de leur vie. C'était plus que de la charité, un acte de bravoure, de respect et de foi, un code d'honneur qui permettait de servir le Christ en servant les Jacquets.

Il faut aussi souligner la deuxième fonction des chevaliers : posséder le plus de terre agricole possible pour financer les activités de l'Ordre en Terre Sainte. La fertilité des vallées bien arrosées par l'Adour et l'Échez étaient rentables.

Une cité avait des devoirs, mais aussi des droits, dont celui de guérir la souffrance physique et morale. C'est une des caractéristiques du Moyen Âge dont va bénéficier Maubourguet. Une bienveillance officielle respectable qui imprégnera l'histoire tant religieuse que politique. En insistant sur la barbarie des gens du Moyen Âge, on oublie que leur rudesse était aussi un moyen de protection. Au XVe siècle sur l'axe routier en direction de Tarbes, avant l'entrée de la deuxième porte (aujourd'hui, place Marcadieu) se situait la Commanderie de l'ordre des Hospitaliers du Saint-Esprit apportant une assistance sanitaire aux habitants, voisins, et bourgeois de Maubourguet et des étrangers désirant le droit de passage.

À l'origine, cette confrérie était au service d'un hôpital à la veille de la croisade contre les Albigeois. Guy de Montpellier s'étant donné pour but le divin idéal de la charité (on se retrouve sur les chemins de charité de Saint-Martin). Il recueillait les enfants abandonnés, s'occupait d'éducation et offrait l'hospitalité aux personnes malades de corps ou d'esprit. L'Ordre du Saint-Esprit se composait de religieux et de laïcs qu'on admirait comme des chevaliers formés aux soins médicaux. Guy de Montpellier construisit le premier hôpital de l'Ordre à Montpellier puis le duc de Bourgogne en fit bâtir un à Dijon et l'exemple fut suivi dans toute l'Europe. Au XVe siècle, l'Ordre comptait plus de 1000 hôpitaux, dont plus de 400 en France. On peut retenir que l'hôpital construit à Rome par Innocent III en 1204 existe toujours !

À chaque commanderie était rattachée une maison magistrale dirigé par un commandeur. Les frères devaient porter sur leurs capes ou leurs manteaux une croix palmée comportant deux branches horizontales et une verticale. Ce motif reflétait un symbolisme assez compliqué : une branche pour le mystère de la Sainte Trinité, une autre pour rappeler le fardeau de l'âme, les 12 pointes pour les 12 apôtres. On soignait, soulageait, pansait les maux du corps et de l'âme. Située à l'entrée du bourg, la Commanderie accueillait les voyageurs dans l'hospice équipé d'une petite église. Des terres rattachées à l'ordre produisaient les récoltes servant à nourrir le personnel et les malades. Le surplus permettait de commercer pour acheter les produits nécessaires aux soins. La Commanderie veillait à la santé des habitants du bourg ; notamment, en cas d'épidémies, on était en mesure d'isoler les malades des habitants sains (même si cela ne suffit pas à éviter la catastrophe de 1694, où la moitié de la population succomba de la peste). La Commanderie apporta aide et réconfort à une population accablée par les guerres, les maladies et les taxes. La formule « à nos seigneurs, nos malades » engage bien l'esprit charitable du Moyen Âge.

Il est toujours surprenant de se dire que la large allée des platanes était jadis un profond fossé contournant la cité le long de l'enceinte. Il rejoignait la place du foirail où l'on rassemblait les bestiaux pour les vendre. Ici, les canaux dérivés des eaux de l'Adour alimentaient leurs auges. Si une dizaine de moulins et les tanneries étaient alimentés par les deux sœurs, Adour et Échez, il reste aujourd'hui des noms évocateurs : impasse des Tanneurs, impasse des tanneries, rue des Tanneurs croiseront en amont, la rue des Moulins et l'allée des Berges, de jolies promenades à découvrir dans le quartier du Bouscarret.

Il fait bon vagabonder dans les rues de Maubourguet, mais aussi prendre le temps d'observer les recoins où un secret aime se faufiler en laissant aller son imagination pour traverser les époques et pas seulement au Moyen Âge. Pour compléter ce voyage au fil de l'eau, je ne peux que vous encourager à commencer une visite au Musée archéologique situé à l'Office du tourisme sur l'Allée Larbanes (plusieurs parking). Ce sera une aide précieuse pour faire revivre les objets exposés dont la magnifique mosaïque du titan Oceanus, dallage d'un bain d'une villa gallo-romaine. Les objets présentés ont été ramassés, travaillés, fabriqués, touchés, aimés, voire jetés par de nombreuses mains. Une époque où chaque historiette pourrait commencer par : il était une fois…

Après les guerres de religion, le bourg se transforma. Au XVIe siècle, sous l'occupation anglaise, le clocher sera transformé en tour de garde ainsi que trois fossés supplémentaires seront ajoutés aux fortifications renforcées de barbacanes aux deux tours situées à chaque porte. En 1569, le comte de Montgomery, chef de guerre protestant au service de Jeanne d'Albret, ravagea la ville, y compris, son église et ses commanderies. Peu après la Révolution de 1789, le curé Rambeau deviendra maire de Maubourguet - en quelque sorte « on prend les mêmes et on recommence ». À la moitié du XVIIIe siècle, l'intendant d'Etigny fit construire de grandes voies modernes, ce qui entraina la démolition des portes et le comblement du fossé. Avec la modernité, de grands noms militaires, politiques, économiques et sportifs mettront à l'honneur la ville jusqu'à nos jours.

Je ne vous dirai pas tout, car il y a beaucoup d'autres choses à découvrir. Je vous invite à suivre l'Échez en partant de la halle sur la place de la Libération, vers le canal Dutaut par une sente pittoresque arrivant face à un grand moulin. Dirigez-vous par l'avenue Maréchal Joffre en direction de Pau, pour rejoindre le pont de l'Échez qui évite aujourd'hui de traverser le passalis à gué tout près du lavoir. L'endroit agréable est doté de tables sous les platanes.

Pendant les Cent-Jours, le pont à voûtes fut détruit au canon le 19 mars 1814 par les Français en retraite, obligeant les Anglais de Wellington à passer à gué. Passer le pont, vous pourrez suivre la route juste après le chemin de fer pour la route de Compostelle, le GR653 au balisage rouge et blanc. Il suit le parcours d'un chemin protohistorique qui a relié Auch, ville stratégique romaine à Lescar, citadelle romaine. Assez rapidement, vous arriverez à la fontaine de Hount de Basch. Peut-être entendrez-vous chanter une fée des eaux, une Hadetta des ondes qui vous dira combien les histoires des Pyrénées sont toujours prêtes à toucher les âmes des hommes parce que coule en leur cœur une onde pure et sincère.

Ô ! Maubourguet, terre aimable et féconde
Qu'encerclent au loin les Pyrénées aux pics
d'acier
Sous le soleil dore la moisson blonde,
C'est pour préparer le pain de l'ouvrier.

Hymne local. Paroles d'Azaïs Carrère, musique Edouard Dumestre

Sylvie Bauche, auteure.

Après avoir été attachée de direction d'un cabinet de gestion financière, étant autodidacte, j'ai orienté mon parcours professionnel pour ma grande passion : l'Égypte.

Mes expériences professionnelles aux services pédagogiques du CSA au Caire m'ont amenée à travailler en Égypte, au Maroc, en Tunisie et en France. Pendant plus de trente ans, j'ai fait découvrir l'Égypte antique à un public d'adultes et d'enfants à travers cours et ateliers, d'égyptologie, visites de musée, conférences et accompagnement de voyages dans la vallée du Nil et formation en muséologie.

Rencontrer la culture, c'est rencontrer l'autre : homme, femme, enfant, la nature. C'est nouer une relation. La culture permet l'ouverture vers l'autre comme une clé qui ouvre des portes. C'est ainsi que j'ai eu le bonheur durant 10 ans d'apporter ce langage universel à des enfants en difficultés scolaires en les sensibilisant avec des histoires issues de contes et de légendes où chacun a pu trouver une clé pour ouvrir la porte de son imaginaire. Maintenant, je profite d'être à la retraite pour découvrir ma région à travers des randonnées en montagne ou des visites dans des lieux chargés d'histoire. Les Pyrénées sont riches d'enseignement et chaque sortie amène à une rencontre témoignant d'un patrimoine relié aux contes et légendes. Tout a commencé dans les temps anciens lorsque les hommes ont voulu expliquer les phénomènes naturels par la présence et les agissements de géants, de nains, de croquemitaines, de fées pas toujours bien sympathiques, de personnages fantastiques, mais omniprésents dans le milieu montagnard. L'imaginaire s'est habitué à la puissance de ces créatures magiques, bienveillantes, voire turbulentes, au point que leurs légendes font partie de la vie quotidienne pyrénéenne entrainant un mode à penser, un mode à construire, une organisation sociale. Au-delà de l'homme, en montagne, il y a la beauté de la nature qui s'offre au marcheur comme un rappel à la naissance d'un paradis parfois si inaccessible, mais si présent dans notre cœur et notre âme. Il suffit de se poser, d'admirer et d'imaginer.

Rien n'est pire que d'avoir voulu

Et de n'avoir

Pas pu.

L'auteure a déjà publié :

-Cours d'égyptologie :

Les Couleurs du Delta, ISBN 9782953446401

- *La Lampe cachée du Nil,* ISBN 979 9636 478201. Amazon. Roman sur le voyage de la Sainte Famille en Égypte par des chemins de détours contés par Joseph

-Une série : Les historiettes oubliées des Pyrénées :

N°1. *Maou et la forêt enchantée*

N° 2 *L'Hadetta du Mauvais-Bourg*

-Radio Présence Lourdes

-Article pour la presse

-Eglise du Maroc

-Visage en Val d'Adour

-Article web/Site des évêques de France/témoignage de vie en milieu berbère

Contact auteure : Site – blog - YouTube
www.sylvie-bauche.com

Références consultées :

- Histoire de la mairie de Maubourguet 1846-2007 et Maubourguet, monographie par terroirs 2000. ISBN 2-84527-001-1 Brochures remises lors de mon arrivée à Maubourguet par Mr le Maire Jean Guilhas.

- La mosaïque au dieu Océan et le domaine de St-Girons - par Mr Doussau Sylvain –ISBN 2 913781-62-4, diffusée par l'office du tourisme de Maubourguet. Revue offerte par Mr Doussau lors de l'inauguration du Musée archéologique.

-Le droit dans les Pyrénées, Comté de Bigorre par M.G.B de Lagrèze 1867

-Les monographies communales 1887

-Bigorre, encyclopédies régionales

-Voyage au cœur de La Rivière-Basse

http://books.google.com

-Essai sur l'Ancien Glacier d'Argeles/MM Charles Martins et Edouard Collomb. 1867

-L'Usage des eaux de Barèges et du mercure pour les écrouelles

Site à consulter sur le patrimoine Pyrénéen

-http://lieux.loucrup65.fr/dieuocean.htm

Printed in Great Britain
by Amazon

31551075R00059